YASMIN
la
jardinera

escrito por
SAADIA FARUQI

ilustraciones de
HATEM ALY

PICTURE WINDOW BOOKS
a capstone imprint

A Mariam por inspirarme, y a Mubashir
por ayudarme a encontrar las palabras
adecuadas—S.F.

A mi hermana, Eman, y sus maravillosas niñas,
Jana y Kenzi—H.A.

Publica la serie Yasmin, Picture Window Books,
una imprenta de Capstone,
1710 Roe Crest Drive
North Mankato, Minnesota 56003
www.capstonepub.com

Texto © 2021 Saadia Faruqi
Ilustraciones © 2021 Picture Window Books

Translated into the Spanish language by Aparicio Publishing

Los datos de CIP (Catalogación previa a la publicación, CIP)
de la Biblioteca del Congreso se encuentran disponibles en el sitio
web de la Biblioteca.

Resumen: ¡Es primavera! Yasmin y su baba están emocionados
de sembrar su jardín, y Yasmin elige una planta con flores
a la que le procura sol, agua y buena tierra. . . Entonces,
¿por qué se está marchitando? Verla a Nani sentada al sol
le da a Yasmin una idea brillante, y ahora ya sabe lo que
necesita su pequeña planta.

ISBN 978-1-5158-7199-6 (hardcover)
ISBN 978-1-5158-7318-1 (paperback)
ISBN 978-1-5158-7200-9 (eBook PDF)

Editora: Kristen Mohn
Diseñadoras: Lori Bye y Kay Fraser

Elementos de diseño:
Shutterstock: Art and Fashion, rangsan paidaen

Impreso y encuadernado en China.
003322

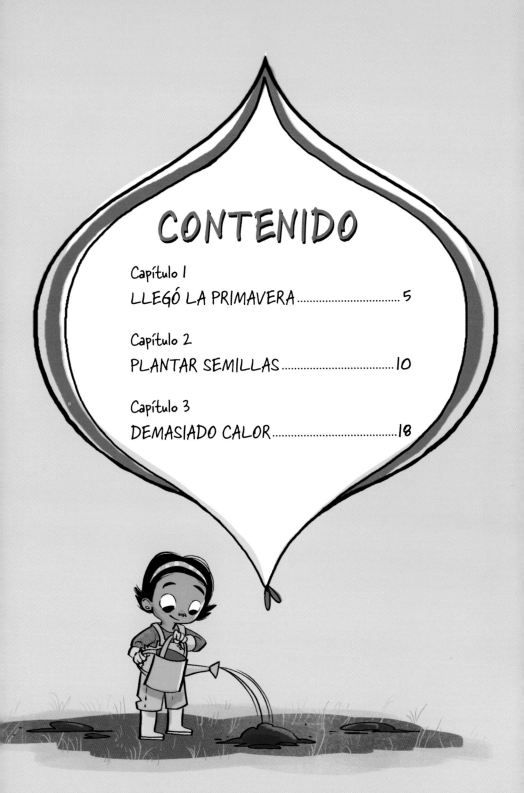

CONTENIDO

Capítulo 1

Llegó la primavera

—¡La primavera es mi estación favorita del año! —dijo Mama un día mientras miraba por la ventana.

—¿Por qué? —preguntó Yasmin.

Mama señaló al cielo.

—Los pájaros vuelan. ¡Y todo vuelve a ser verde!

Baba asintió. —¡Es la época
perfecta para sembrar en nuestro
jardín!

—¿Puedo ayudar? —preguntó
Yasmin.

—¡Por supuesto! —dijo Baba.

Baba y Yasmin fueron
a la tienda de jardinería. Estaba
lleno de plantas de primavera.
Girasoles. Rosas. Arbolitos.

—Esto es increíble —susurró
Yasmin.

Baba compró semillas

de verduras. Zanahorias, lechuga,

tomates y chiles. También compró

tierra y una regadera nueva.

Yasmin vio unos pequeños tiestos

dispuestos en una fila con plantas

con flores.

Por favor, ¿puedo comprar

una planta, Baba? —preguntó

Yasmin.

—Solo si prometes cuidarla
—contestó Baba—. Una planta
es un ser vivo. Debes cuidarla
como una mamá cuidaría
a su bebé.

Yasmin asintió. —Lo haré,
te lo prometo.

Capítulo 2

Plantar semillas

Baba y Yasmin se pasaron

el día siguiente en el jardín.

Era un trabajo duro.

Baba hacía agujeros

en la tierra y Yasmin metía

las semillas dentro.

Cubrieron los agujeros

con más tierra.

Después regaron el área.

—Crezcan rápido, semillitas

—susurró Yasmin.

Después, Baba ayudó

a Yasmin con sus flores. Yasmin

eligió el lugar perfecto, cerca

de una ventana. Así las podría

ver siempre que quisiera.

—Voy a regarlas todos

los días. Las cuidaré, como

una mama y un baba —les dijo

Yasmin a las flores.

Al día siguiente, Yasmin se asomó a la ventana. ¡Sus plantas se estaban marchitando! Tenían las hojas caídas y las flores parecían tristes.

—Ay, no —exclamó Yasmin corriendo adentro—. ¡A lo mejor las plantas necesitan agua!

Dio de beber a las plantas.

Al día siguiente, volvió

a mirar. Seguían marchitas.

—A lo mejor no tenían sed

—dijo—. ¡A lo mejor necesitan

más tierra!

Le pidió a Baba un poco

de tierra. Después puso la tierra

alrededor de las plantas.

Al tercer día, las plantas estaban
más marchitas. Las pequeñas flores
casi habían desaparecido.

—¿Qué les pasa a mis plantas?
—gritó Yasmin—. ¡Soy una mamá
muy mala!

Capítulo 3

Demasiado calor

Después de almorzar, Nana y Nani salieron al jardín.

—Mira cómo brilla el sol —dijo Nana—. Me encanta cómo calienta mis huesos.

Nani se sentó en una silla y se abanicó.

—¡El sol me da demasiado

calor! —protestó.

—Yasmin, ¿le podrías traer

una sombrilla a Nani, por favor?

—preguntó Baba—. Eso le dará

un poco de sombra.

Yasmin entró en la casa y buscó
en el armario de los abrigos. Se quedó
pensando al mirar las sombrillas
y los paraguas. Hacía demasiado
sol y demasiado calor para Nani.
¿Haría demasiado calor y demasiado
sol para sus flores?

A Yasmin se le ocurrió una idea.

—Aquí tienen una sombrilla grande para Nani —dijo Yasmin cuando regresó al jardín.

—Shukriya, Yasmin — contestó Nani.

—Y una sombrilla pequeña
para mis flores —dijo Yasmin.

Puso una sombrilla pequeña
encima de las flores.

Nana aplaudió.

—¡Una idea excelente,
Yasmin jaan! —dijo.

Yasmin sonrió.

—Vamos a esperar
a ver qué pasa.

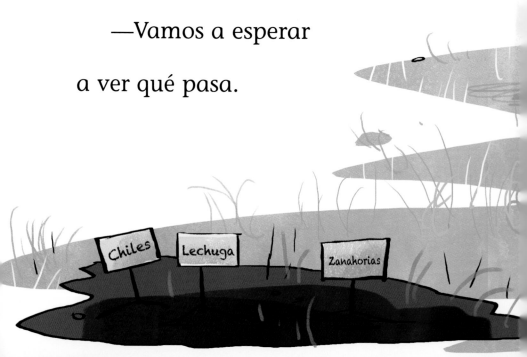

Al día siguiente, Yasmin

y sus padres salieron al jardín.

Sus flores parecían felices y sanas.

—¡Yupi! ¡Al final soy una buena

mamá! —dijo Yasmin.

Piensa y comenta

❋ A la familia de Yasmin le gusta trabajar en el jardín. Si pudieras plantar cualquier planta en un huerto, ¿qué plantarías y por qué?

❋ A Yasmin le gusta solucionar sus propios problemas. ¿Cómo habría cambiado el cuento si el baba de Yasmin hubiera encontrado la solución para el problema de las plantas en lugar de haberlo hecho Yasmin? ¿Cómo se habría sentido Yasmin?

❋ Haz una lista de cosas útiles que hizo Yasmin en este cuento. ¿A quién o a qué ayuda y cómo?

¡Aprende urdu con Yasmin!

La familia de Yasmin habla inglés y urdu.
El urdu es un idioma de Pakistán.
¡A lo mejor ya conoces palabras en urdu!

baba—padre

hijab—pañuelo que cubre el cabello

jaan—vida; apodo cariñoso para
un ser querido

kameez—túnica larga o camisa

lassi—bebida de yogur

mama—mamá

nana—abuelo materno

nani—abuela materna

salaam—hola

shukriya—gracias

Datos divertidos de Pakistán

Yasmin y su familia están orgullosos de su cultura pakistaní. ¡A Yasmin le encanta compartir datos de Pakistán!

Localización

Pakistán está en el continente de Asia, con India en un lado y Afganistán en el otro.

Islamabad

PAKISTÁN

Población

Pakistán tiene una población de más de 200,000,000 personas. Es el sexto país más poblado del mundo.

Naturaleza

Una cuarta parte de la tierra de Pakistán se usa para la agricultura.

En Pakistán está el segundo bosque de enebros más grande del mundo.

El jazmín es una de las flores más populares de Pakistán. ¡El nombre de Yasmin significa "jazmín" en urdu!

Tiestos de rollo de papel higiénico

MATERIALES:

- 6 cartones vacíos de papel higiénico
- regla
- tijeras
- cinta adhesiva
- cuchara
- tierra para sembrar
- las semillas que elijas
- recipiente plástico del tamaño de una caja pequeña de zapatos

PASOS:

1. Con la regla y las tijeras, haz cuatro cortes verticales de 1/4 de pulgada en uno de los extremos de cada rollo de cartón.

2. Dobla cada parte entre dos cortes hacia adentro hasta que comiencen a superponerse, para hacer un fondo resistente. Usa cinta adhesiva para fortalecer la parte inferior de cada rollo.

3. Con la cuchara, rellena cada rollo con tierra, casi hasta arriba.

4. Mete unas cuantas semillas en la tierra de cada rollo.

5. Mete los rollos en un recipiente plástico y ponlos en tu casa, cerca de una ventana, donde les dé el sol. Rocíalos con agua todos los días. (Lee las instrucciones del paquete de semillas para saber cómo cuidarlas).

6. ¡Observa cómo crecen tus plantas!

Saadia Faruqi es una escritora estadounidense y pakistaní, activista interreligiosa y entrenadora de sensibilidad cultural que ha aparecido en la revista *O Magazine*. Es la autora de la colección de cuentos cortos para adultos *Brick Walls: Tales of Hope & Courage from Pakistan* (Paredes de ladrillo: Cuentos de valentía y esperanza de Pakistán). Sus ensayos se han publicado en el *Huffington Post, Upworthy* y *NBC Asian America*. Reside en Houston, Texas, con su esposo y sus hijos.

Hatem Aly es un ilustrador nacido en Egipto. Su trabajo ha aparecido en múltiples publicaciones en todo el mundo. En la actualidad vive en la bella New Brunswick, en Canadá, con su esposa, su hijo y más mascotas que personas. Cuando no está mojando galletas en una taza de té o mirando hojas de papel en blanco, suele estar ilustrando libros. Uno de los libros que ilustró fue *The Inquisitor's Tale* (El cuento del inquisidor), escrito por Adama Gidwitz, que ganó un Newbery Honor y otros premios, a pesar de los dibujos de Hatem de un dragón tirándose pedos, un gato con dos cabezas y un queso apestoso.

¡Acompaña a Yasmin en todas sus aventuras!

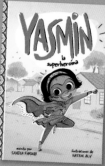